Franz Josef Heinrich

DISTELREICH

Gesammelte Gedichte
von 1955–1999

rasch edition, Osnabrück

Franz Josef Heinrich

Geboren 1930 in Linz, Pflichtschule, Feinmechanikerlehre, Gymnasium für Berufstätige, drei Jahre Sommerakademie Salzburg, Versicherungsangestellter. Mitglied des PEN-Clubs, der Neuen Literarischen Gesellschaft Marburg/Lahn und der Deutschen Lyrikgesellschaft Tübingen-Leipzig.

Preise:
Förderungspreis für Lyrik des Landes Oberösterreich 1964, Förderungspreis für Dramatik des Landes Oberösterreich 1974, Förderungspreis der Stadt Linz 1966, Kulturpreis des Landes Oberösterreich 1978, Kulturmedaille der Stadt Linz 1992, Würdigungspreis für Literatur der Stadt Linz 1998.

1981 Verleihung des Berufstitels Professor durch den österreichischen Bundespräsidenten.

Bücher:
»Lichtzellen«, Gedichte, »Meridiane«, Gedichte, »Die Brandstatt«, Gedichte, »Feldzug nach Nanda«, Erzählungen, »Die Nacht der Müllschlucker«, Schauspiel, »Ein Ort für alle«, Erzählungen, »Straßenschlacht«, Schauspiel, »Gehen auf dem Kopf«, Erzählungen, »Die Unerlösten«, Schauspiel, »Die Körper«, Roman, »Erde mein Herz«, Gedichte, »Die Hungerstadt«, Roman, »Das unsichtbare Kreuz«, Erzählungen, »Das Monument«, Erzählungen, »Die Sternwarte«, Roman, »Der Turm von Babel«, Gedichte, »Die rote Tür«, Erzählungen.
Gedichte und Erzählungen des Autors wurden ins Kroatische, Slowakische, Russische, Ukrainische, Türkische und Litauische übersetzt.

Dem Land Oberösterreich und der Stadt Linz wird für die Förderung des Buches Dank erstattet.

I

Gegenwelt

»Bereiten wir uns darauf vor, den Raum schreien zu hören.«
(Henri Michaux)

Die Verschwundenen

von den vielen
die hier lebten
kannten wir einige

den arzt
den dichter
den kaufmann

als einige der
anderen wiederkehrten
erzählte man ihnen

die verschwundenen
seien durch die schornsteine
fortgezogen

(1998)

SOLANGE die erinnerung
an die verschwundenen in
unserer spur sich sammelt
werden wir salz und asche
trinken müssen aus ihrem
totenmeer

(1998)

Ahasver

geh nicht nach massada
dein blut tränkte die steine
die tage stehen nahe den toten
wohin du auch fliehst
blickst du zurück
spalten schreie den himmel
in granada warschau und wien
du siehst das gesetz
mit den büchern verbrennen
und du findest das blut
das dich kleidet
ein dunkles vlies auf den jahren
geh nicht nach massada

geh nach massada
granada warschau und wien
daß du dich wiedererkennst
in deinem durch die länder
getriebenen volk
du findest was namen verbergen
die wahrheit
die durch die zeiten geführte
leuchtet

geh in die welt
ahasver

(1998)

Jeder bin ich

ur, troja brennend, lidice –
es steigen, wer aushebt die tausend jahre,
die hier lebten
aus dem mitternachtsboden.

sie singen, was war,
mit gesprungenem mund
noch einmal herüber:

seht
uns,
auf denen stille wurde zum land!
gedenkt
unser,
deren blut laubt aus den buchen!
wir waren
wie ihr!

wo der väter stimme
brennt in altem geröll,
rinnen die völker zusammen
in einer schläfe.

wieder rast
die meute vorm tor,
nasan, dem hirten, verfault
am apfel die hand,
mein herz klopft, älter als babel,
jeder bin ich, den sie treiben,
der gejagt wird, gehetzt,
hungernd durch timur,
frierend vor morokesch, erschlagen in sistre!

so viel angst, so viel
aschenlocken
gesammelt
auf einem haupt!

ur, troja brennend, lidice –
die erde trägt narben von unserem leben

und noch immer unerlöst aus den schreien
tönt die verstümmelte zunge
des menschen.

(1962)

Letzte Ausfahrt

Niemand kennt das Geheimnis jener Küsten
zu denen aufbricht man bei Tag und Nacht,
von Tischen weg, von hemmungslosen Festen
und nur mit sich als letzter, karger Fracht.
O, wenn Verheißung weht von fremden Küsten!

Oft scheint es, daß auf diesen fernen Zügen
ein Frauenlächeln bei den Sternen kreist,
wenn selbst der Galionsfigur am Buge
das Heimweh das versteinte Herz zerreißt.
O, wenn der Wind verheißt die fernen Küsten!

Die Möwe stürzt sich in entstellte Fluten
und schreit im Sturz noch nach Vergessenheit;
wir träumen dann die Träume schon des Meeres,
das zuschweigt seine angebrochne Zeit.
O, wenn der Wind weht von den fremden Küsten!

Niemand kennt das Geheimnis jener Küsten
und nur wer scheitert, kann vielleicht sie sehn;
darum zur Ausfahrt rüstet euch die Schiffe
und harrt auf den Befehl zum Untergehn,
wenn der Wind Verheißung weht von jenen Küsten ...

(1955)

WAS GEWESEN IST
wissen wir
was kommen wird
auch: die gemeinheit
richtet sich ein
auf den stühlen

(1996)

VOM BUG weht
eine flagge ohne farbe
hinter uns die nacht
vor uns die nacht
sinken wir tiefer und tiefer

wer lenkte unser schiff?

(1991)

Die Wahrheit ist das Nichts

Die Wahrheit ist das strenge Nichts,
das aufspringt zu den Sonnenuhren,
ihr Kreisen löscht vom Zifferblatt das Licht
und schlummert im Lächeln der Lemuren.

Auf Stirnen wird das Brandmal groß,
wenn dem Nichts verfallen und zu ihm bereit
wir beide Hände schließen um das Los
und unsern Küssen reichen die Vergeblichkeit.

Denn aus der Ohnmacht trunkner Tränen
uns keine Opfer retten mehr;
wir steigen oder fallen wie Fontänen,
die Hände aber bleiben leer ...

(1955)

VOLKESSTIMME
lehrte man uns
sei gottes stimme

bei goebbels reden
hat sie nach kanonen
statt butter geschrien

(1994)

(»der Schoß ist fruchtbar noch aus dem das kroch«)
Bert Brecht

DIE UNVERBESSERLICHEN werden heute
als die ewig gestrigen verharmlost

doch wirken unter den heutigen
weiter die gestrigen

die künftigen werden achten müssen
daß sie nicht an den gestrigen ersticken

(1993)

AUFERSTEHUNG

alle wollen sie vergessen
die ihr eigenes grab schaufelten
niemand will sie gesehen haben
die in den gaskammern erstickten

die lügen jener
die sich freisprechen
erwecken sie wieder

(1993)

IN DER ERDE die opfer
reden nicht mehr nur
unsere zungen zeugen
für sie die täter kehren
in die unschuld zurück
wer rechenschaft fordert
wird der lüge bezichtigt
so begräbt man wahrheit
in der geschichte

(1993)

Warnung

zuerst
um uns einzulullen
rollt die propaganda

danach
um uns zu schützen
rollen die panzer

zuletzt
um uns zum schweigen zu bringen
rollen unsere köpfe

(1993)

Minotauros

gelobt die stunde die
mich im labyrinth aus
nacht kälte einsamkeit
zur liebe zwang mich
in die menschen mehrte
sodaß jetzt mein geschlecht
die welt beherrscht

(1997)

DEM STEIN ENTWACHSEN

dem farn trägt unser geschlecht
das erbe von fisch vogel
und primaten in sich

hat das eisen erfunden
den elektrischen strom
führt kriege schlachtet tiere
spaltet atome hat völker

ausgerottet vergiftet die nahrung
hat platons worte in höhlen
verbannt kants ethik als
vermeidbar erklärt

schießt abfall ins weltall
kultur sagt man uns
beginnt mit der geldwirtschaft
kosten werden gesenkt arbeit

ausgelagert gewinne erhöht
seid umschlungen millionen
diesen kuß der industrie
wird keiner überleben

(1995)

Die Minotaurier

hände köpfe
aufgereiht
um den
erdkreis
die welt
zu erschaffen
nach
dem
bedürfnis
des
minotauros
mensch

(1997)

Menschheit

aus nadeln und laub
fallen die bäume
tieraugen starren
uns aus eisernen käfigen an

in nacht gekleidet
essen wir die erde
wir mit den scherben
wir mit der krone
aus kot auf den köpfen

(1989)

Nachtpol

durch scherben schwimmend
mit einer handvoll worte
seh ich über land
die schuttmeere steigen

die wege sind
von nacht überschwemmt
alles stürzt aus sich selber
und sinkt

ein wort laß ich frei eine taube
die fliegt in die zeit
wo es dunkelt von brüchen
und wir treiben langsam dorthin

vom nachtpol kehrt die taube wieder

(1967)

Panzerkreuzer Potjemkin

meerwärts der knechtschaft entronnen
am mast von matrosen die fahne gehißt
die die welt erlösen sollte
von durst und hunger gepeinigt
durch die schwarzmeere gekreuzt
aus den häfen des sultans verwiesen
der begnadigung durch den zaren vertraut
heimgekehrt hingerichtet
betrogen ausgelöscht

in den kronen der herrschenden
entspringt das blut

(1995)

Der Demiurg

tage und nächte
durchquerte er
länder und meere
die schöpfung zu erkunden

vom höchsten gipfel
blickte er in die tiefen der welt
und erblindete
als er den menschen sah

(1993)

Arbeit

die arbeit der köpfe
hat die welt entworfen

die arbeit der hände
hat sie aufgebaut

die arbeit des geldes
tritt sie in grund und boden

(1994)

DIE WIRTSCHAFT
fordert unentwegt steuerliche
entlastung damit sie neue
arbeitsplätze schaffen könne

für die arbeitslosen schwebt
die entlastete wirtschaft in
höhen in denen die arbeit
unerreichbar ist

(1995)

DIE GESELLSCHAFT verfault
auf dem freien markt innen
und außen fallen auseinander
an den rändern eitern geschwüre
gierige hände reißen das maß
aus der mitte aktionäre diktieren
zahlen reifend in minusgraden
der fälscher leiht sich aus den
lügen die worte die zeichen
weisen zurück in die barbarei

(1996)

WER DIE WELT regiert
schreit die wirtschaft
aus zeitungen und von
plakaten förderungen für
die unternehmer steuern
hemmen ihren wettbewerb
profite sind erfindung da
der boss auf der bank
schläft nur von konten
          zugedeckt

(1998)

Litanei

schwarz die erde
auf der ich lebe

schwarz die sonne
die mir leuchtet

schwarz der glaube
der mich spaltet

schwarz die fahne
auf die ich schwor

schwarz die lieder
die ich singe

schwarz die tränen
die ich trinke

schwarz die lügen
die ich aß

schwarz die liebe
die mich verzehrt

schwarz die dornen
mit denen frauen küssen

schwarz die uhr
die meine stunden zählt

schwarz mein herz
das trauer säte

schwarz der tod
der mich versiegelt

(1993)

Apokalypse

steinfluten
von
städten
überschwemmen
die erde
müllgletscher
gipfeln
über
der landschaft
in den
häusern
rumort
der hunger
und die brunnen
brennen

(1990)

Kosmologie

schwarze löcher versiegeln
aus millionen erloschener
sterne eingefangenes licht

am ende der zeit saugt
antimaterie die materie
ein und löst die welt in
der gegenwelt auf

(1997)

Der Hunger

der hunger zerrt die menschen
über die erde

länder städte füllen sich
mit schreien kot und kindern

der tod zeugt sich mit
in den betten

die menschheit ertränkt sich
in der vermehrung

(1996)

Das Zeitalter der Gewalt

kein rücken kein name
trägt uns aus den feuern
wie einst äneas den
anchises aus den trümmern

von troja noch öffnen
die klagen der opfer
den mitternachtsboden
wo den tätern wieder

schlagringe wachsen
gewehre und bomben
aus nachgeborenen händen
die jungen stoßen die

alten vom sessel greise
werden in sterbehäuser
verbannt banker plündern
die konten der sparer

richter sprechen das recht
den ungerechten zu
mit knüppeln totgeprügelte
robbenbabys an den stränden

kanadas und der lofoten
erlebter orgasmus beim töten
autoabgase ersticken die städte
unfallopfer als organspender

föten werden zu kosmetika
destilliert gehirnzellen ungeborener
den abgestorbenen köpfen
parkinson-kranker injiziert

fünfjährige kinder lassen
gefesselt gleichaltrige
auf gleisen von eisenbahnzügen
überrollen zuhälter tätowieren

frauen mit brandzeichen wie vieh
aus dem triumph der gewalt
grinst mit blutigem maul
uns an der minotauros
            mensch

(1997)

Die Menschenbombe

menschen strömen in die städte
treten tür und mauer ein
und die städte werden wüsten
geballt aus hunger müll und stein

gierig gleich insektenschwärmen
fressen sie die länder leer
doch die menschen an den näpfen
werden mehr und immer mehr

darum beten wir: verdammt
wer jetzt noch kinder zeugt
da die erde kahl von tieren
kahl von bäumen sich mit zuviel

menschen über ihre ränder neigt

(1997)

SCHLAGT KUPFERNÄGEL in
die bäume damit sie sterben
laßt straßen platzen unter
autorädern schreit »kaufen«
»kaufen« an den börsen stopft
warenhäuser mit banknoten
weist bettler aus den städten
mästet profite aus unseren mägen
so bleibt ihr sicher daß euch
das übel überlebt

(1996)

Haben und Nichthaben

manche erinnern sich noch
wie es war
als alle nichts hatten

heute leben wir
sagt man uns
im überfluß

alle haben von dem
was sie haben
zuviel

selbst jene
die nichts haben
sagen: »mir reicht's«

(1994)

PORTRÄT DES UNMENSCHEN

er trinkt whisky betet das geld
an kopiert das lächeln von
filmschauspielern befriedigt
sich auf dem freien markt
steckt frauen als souveniers
an seine hosen trägt die brieftasche
mit kreditkarten gefüllt hat keine
grammatik gelernt spricht anstatt
mit worten in zahlen setzt
arbeitskräfte frei erhält
steuererleichterungen erhöht
seine profite wird in presse
und fernsehen um seine meinung
befragt wie warum obwohl sodaß
sein wirken als wegweisend gilt

(1996)

NICHT MESSER peitschen pistolen
die gefährlichste gewalttätigste
heimtückischste waffe mit der sie
meinungen kaufen kriege führen
völker unterwerfen regierungen
stürzen menschen entrechten ist
in den händen der mächtigen das
KAPITAL

(1998)

Menschenbaum

am wipfel abgestorben
die vernunft

alle blätter wirft ab
das verdorrte gewissen

an den wurzeln
fault die weisheit

zuletzt im hirnstamm
die träne welt

(1992)

ABWÄRTS rollen wir
von jahr zu jahr
von tag zu tag
schneller und schneller

ein glanz über uns
sagt man
habe gleich sternschnuppen
die glühn und verglühn

uns als metastasen
von leben
in die schöpfung
geworfen

(1998)

Anarchische Symmetrie

von licht erweckt		von dunkel geängstigt
hat der mensch		gott erdacht
aus furcht vor dem tod		die auferstehung erfunden
das turiner grabtuch		als fälschung entlarvt
unter dem kreuz		völker ausgerottet
das universum		als zufall entschlüsselt
niemand ist auferstanden		seit es menschen gibt
antimaterie		saugt die materie ein
nichts		währt ewig
haben		wir
gebetet		geflucht
zu		einer
larve		aus
licht	oder	kot

(1998)

AUF DEM SCHATTENPFAD

auf der schräghalde
auf dem schuttweg
über die scherbenhaufen
stolpern wir
in die nie –
die nie –
die niekunft

(1998)

II

Mein Bett in Babylon

»Die Blinden reden von Ausweg. Ich sehe.«
(Bert Brecht)

MEIN BETT steht in babylon
manhattan kalkutta und rom
wo die nacht auf den straßen
sich mit den schläfern vermählt

die nacht ist überall gleich
in rio manila paris
wo unter cola- und
discoreklamen die einen

aus geschliffenen gläsern
champagner schlürfen und
die andern im rinnstein vergehn
mein herz schlägt mit denen

die bei regen und schnee sich
wolken über die köpfe ziehn
mit den hunden ihre mahlzeiten
teilen wo tauben auf kirchtürme

köteln und vor elend trunkene
ihre erbrochenen sterne
auf die gehsteige speien
ihr unbelehrbaren lacht noch

wenn sich die kanaldeckel öffnen
und die unterwelt
den fluch euch auf
die abortwände zinkt

(1998)

AN EINEM WINTERMORGEN

der alte mann
ohne stock ohne hut
im geflickten schneenassen mantel
die nackten füße
in löchrigen schuhen
tritt an die theke
trinkt ein glas schnaps
ein zweites
ein drittes
trinkt und trinkt
bis in seinem kopf
eine winzige sonne
zu glühen anfängt

(1991)

MEINEN MANTEL schenk ich den gauklern
und spare den stachel für mich:
so wird, was uns trennt,
uns wieder verbünden.

ausgeschrieben bin ich auf schwarzen plakaten,
wo mein lachen den hundegott pries;
und nachts lieg ich vor den städten,
ein wegfahrer ohne gepäck.

verdächtig den redenden, verfolgt von den stummen
bin ich der schatten, der stets
an dir vorübergeht, verläßlich,
daß das unglück ausbricht,

wenn im dunkeln meine hand
anstrebt das geköpfte ziel;
doch ich bleib leicht und schreib
euch lachend mein gesetz auf den abort.

so zieh ich jetzt weiter, der stadt näher zu,
wo es warm ist im winter,
und in den goldenen portemonnaies
die zündschnüre brennen.

(1968)

Die Stadt

rot und grün:
die signale.
wir treiben
durch die trockene Brandung.
lärm erhärtet
in uns,
der gaskamm glüht
auf den öfen,
rotgerüste
stocken sich auf,
grünschienen
schwemmen uns weiter,
räder rotieren,
rotgerüste,
grünschienen,
rotgerüste –
und das feilen
unter der haut.

in uns dröhnt
die bewegung.
blutregen fällt.
laß uns münden.
die straße fängt uns auf.
rot und grün.

(1967)

ALLE JAHRE WIEDER
baumeln prallgefüllte
weihnachtsmänner von
den kerzenbäumen händler
schreien kaufen kaufen
lobpreisen das geld ist
uns geboren halleluja
ochs und esel sind geflohen
vor den goldenen altären
in den kirchen verdampft
der weihrauch und die
bittere myrrhe belegt
die zunge alle alle denken
an gewinne mit der
reklame verblaßt der
stern in der krippe das
kind bleibt unbedacht

(1996)

IM INTERNET vertäute gehirne
verdämmern sprachlos in zahlen
statistiken börsenberichten
himmelsschüsseln holen die welt
in die zimmer
was wog fällt zurück
in die nacht
wer kennt noch ein
      lichtwort
aus den verstoßenen büchern?

(1998)

Computer

gehirne tasten sich
durch die bildschirme
gesteuert
die werte
die worte
formeln
datensäulen
vernetzt in künstliche
nervenstränge
flimmern
im zahlenmeer
statistiken bilanzen
tauchen empor
stürzen ab
ins leere
sekundenschnell
errechnet
alpha und omega
nicht meßbar
die seele
gewichtlos
unsichtbar
unnütz für geschäfte
definierte
elektrische energie
im großhirn
erscheint
als gedicht

(1993)

KRÄHEN schwarz geklumpt
auf bäumen naß von schnee
schwärmen auf wo totenruhe
wächst ins gras schreienden
kreuzen gleich im flug und
schwarz von untergang teilen
gerecht sie zweifel und hoffnung
zwischen uns und spalten schwarz
den himmel als boten aus der
verborgenen welt

(Sankt Barbara Friedhof Linz, Februar 1997)

Zentralfriedhof Wien
November 1989

gibs auf verlorener gibs auf
nichts wird bleiben
streu dich in den wind
wo du gehst
verweht deine spur

auf den steinen
mit den erlöschenden namen
krächzen die raben
und die beter
verhüllen still ihr gesicht

das pendel ruht jetzt
das leben lebt vom tod
sagt der totengräber
wir werden ins leben geboren
oder in den tod

eine frauenhand
in der gedächtniskirche
schöpft aus den kerzen
das stumme lied der dochte

(1989)

Winter

die erde friert
über den müllplätzen
kreisen die raben
und ein totes auge
tropft sonne aus dem himmel

was andere lobten
familien geduldig zähmend
habe ich verflucht

nichts erreicht und nichts gewonnen
such ich nun umsonst
vergebung an versperrten tü-
ren

still steht die zeit in einer lücke

an bäumen hängen
bärte weiß von schlaf

doch kälter als der schnee
bin ich

(1991)

BROT ist schwer zu verdienen
klagen die leute

sollen sie doch fleisch essen
sagen die metzger

die hungernden wird gott im himmelreich sät-
tigen
versprechen die priester

bis dahin müssen wir die steine weichkochen
fluchen die armen

(1992)

WOZU
ist
das
gut?
fragten mich
männer
die mit hämmern umgehen
frauen
die kinder aufziehen
menschen also
die wichtiges tun

ich mache brot
aus worten
sagte ich
wegzehrung
von da nach dort
damit wir die welt
besser verstehen

(1992)

EINGEBOREN meiner stadt
den häusern brücken türmen

aufgewachsen an bahndämmen
schrebergärten bombentrichtern
schutthalden schloten

verschwor ich mich dem
distelvolk

(1998)

Linz

monate wochen manchmal ein tag
war schon zuviel mich von ihr zu
trennen kein vergessen half mir
abschied nehmen wo kepler stifter
bruckner ihre welt erschufen die
abschenkung aus den hochöfen rot
den himmel stülpt über dächer türme
schlote die brücken an den strom
gefesselt ihr lichtnetz in die donau
spinnen die alte martinskirche am
römerberg über nike ars electronica
wacht auf dem friedensplatz der
brunnen die menschenrechte kündet
wurzelt mein leben mit den toten
vätern in der heimatstadt vereint

(1998)

Brennesselmadonna

buntgefleckt schäumt
der müllplatz unter der sonne.
eine pfütze teer
wirft blasen und stockt.

grüne scherben, konservendosen,
um die die fliegen schwärmen,
schuhsohlen, ein spiegelrest,
der aufglänzt vor dem untergang.

schutt und fahrradreifen liegen
auf verbranntem gras,
ölgetränkte lappen hängen
aus einer zerfallenen batterie,

das nichts im rost frißt seine löcher,
die leere läutet durch zerbrochenes geschirr,
über den hang treibt
ein fetzen zeitungspapier.

im schwarzen unrat
hockt eine frau
mit ihrem kind,
von blühenden brennesseln umstellt.

(1967)

Der Nullenpfeifer

nach der müllabfuhr
kam der nullenpfeifer
in unsere stadt.
er blätterte vorwände um
und nachsichten,
pfiff eine nacht lang
namen aus den mitgliedsbüchern,
lehrte uns nullen
aus uns zu ziehen
und über uns
zu lachen.

(1968)

Vom Glauben

mein großvater erzählte man mir
hat an eine bessere welt geglaubt

mein vater glaubte für eine bessere welt
kämpfen zu müssen

ich habe geglaubt an einer besseren welt
mitbauen zu können

mein sohn glaubt nicht mehr
an eine bessere welt

enttäuscht von denen an die ich geglaubt habe
glaube ich daß er recht hat nichts zu glauben

(1994)

Der Turm von Babel
I

gebete ideen utopien
fragen
antwortlos
stockwerk um stockwerk
aufgerichtet
in den himmel

woher wohin

erkannt erkannt
die ordnung
das chaos

eine eintagsfliege
kreist
um die unsichtbare
mitte der welt

(1992)

Der Turm von Babel
II

das wort
an der spitze
jahrtausende
aufgetürmt
im brunnenland
gegen das sandmeer
verstümmelt
zerstört

darunter
die mauern
steine beton stahl
der schrott von raketen
zerfallen
zu staub

wie wir
die todgeweihten
erbauer

(1992)

Lebenslauf

nahe einem ödplatz geboren
wo zwischen den gleisen
die distel verdorrte
auf dem weiten schulweg
an fabrikschloten vorbei
die schuhe der geschwister ausgetragen
während den kreuzen
die tödlichen haken wuchsen
den führer mit fäusten
in den hosentaschen empfangen
in der elterlichen wohnung
mit widerständlern zusammengetroffen
beim volkssturm
nicht mehr zum einsatz gelangt
mit dem untergang hitlers
nach stalingrad und auschwitz
deutschlands größten sieg
in der geschichte miterlebt
beim fünfuhrtee
slow fox und tango getanzt
thomas mann und kafka gelesen
wegen schlechten sehens
nie ein auto gelenkt
den sozialismus
der uns die herzen stahl
verfaulen gesehen an seiner herrschaft
und den kapitalismus ersticken
an seiner gier
ziehe ich langsame schnecke
mich vor den schnellen aufsteigern
zurück in mein gehäuse
aus widerspenstigen worten

(1992)

Dossier

erklärter antikapitalist fabrikant
von seifenblasen trägt keine hüte
keine reitstiefel meidet anzüge
krawatten seidenhemden kleidet
sich in glühende worte verweigert
sich schwätzern trinkt keinen
alkohol läßt trafikanten verhungern
betet als gläubiger zweifler in
leeren kirchen haßt waffen
verabscheut funktionen ist nicht
käuflich wird als querulant
beschimpft teilt sein herz mit
aschenträgern gilt geschäftlich
als null lebt von gedichten das heißt
amtlich gestempelt gesiegelt:
ein gefährlicher chaot

(1992)

WIE
wollt
ihr
mich
sehen
den schattenfüßler wortzieher
apokalyptisch
stammvater
keiner
familie
unfreund
vor
ampeln
stockend
stühle
tische
teller
umgekippt
erloschene
ideale
in der
garderobe
neinsager
konsumverweigerer
schattenfüßler wortzieher
apokalyptisch

Ihr
könnt
mich
nicht
brauchen

(1994)

Röntgenbild

wenn man mich gegen das licht hält
kann man mein inneres sehen

den zorn verklumpt
als herz an der aorta

geschlucktes unrecht
als unverdaute kohlen im magen

die zunge bitter
hämmert euch ans kreuz aus schuld

mit dem untergang kommuniziert
mein blut in euren adern

schwarz näht sich die nacht
an meine stirn

(1993)

DEN KOPF in den wolken
aus denen die anderen
segen erflehen
und lottogewinne
stolpere ich
auf bleistiftstelzen
über kochtöpfe
goldene monstranzen
verlorene briefe
gebrochene versprechen
erhebe mich mit vokabelschwärmen
aus dem gerümpel
von eheringen kühltruhen mikrowellenherden
niste in gedichten
ausgesetzt den blitzen
herrsche gegen freunde feinde
über ein weltreich von worten
mit einer papierkrone
auf dem kopf

(1993)

Schädelspirale

der gebrauch
der augen
wird schwierig
mit zahnersatz
füllt sich
der mund
die freunde
leeren die telefonbücher
nachts schlägt
das herz
arhythmisch
der internist
verordnet
zur beruhigung
valium
krankenhäuser
werden häufige
aufenthalte
die durchschnittliche lebenserwartung
beträgt nach der statistik
73 Jahre
blumen mag man noch
der atem
geht schneller
goethe ging weite bögen
um friedhöfe
in der schädelspirale
gesammelt
die welt

quantensprung und platons these
von der wiedergeburt
die seele
ein helles
gedachtes
herbei
und vorbei jetzt lebst du hier
sagt eine stimme
und bald überall

(1991)

Metempsychose

mit sisyphos steine nach babylon geschleppt
nach der eroberung karthagos durch scipio
als sklave verkauft
von tilly mit dreißigtausend einwohnern
in magdeburg verbrannt
mit den maurern von london
die erste loge gegründet
als ein heller ton
in der marseillaise erklungen
dem kämpfer für den vierten stand
jean paul marat die kräuter
für sein nesselbad gepflückt
mit dem namen von kafkas
fünfjährig verstorbenem bruder gerufen
hitler nicht verhindern können
erhoffe ich keine weitere existenz

(1991)

SEINEN AUGEN
fehlt die welt
er sieht kein lächeln
das den frauen

auf den lippen blüht
sieht nicht den glanz
der sonne und der rosen
irrt durch stumme farben

die den sehenden laut schreien
und eine dunkelheit
die von unsichtbarem leben rauscht
allein hält er sich an stäben fest

und manchmal händen
denen er vertraut
denn seinen augen
fehlt die welt

er spürt wärme kälte
den duft der blüten
und der frauen
hört die stille

die als lautlose musik
in jeder seele wirkt
doch seinen augen
fühlt die welt

er stolpert durch ein leben
ohne licht
stößt sich an ecken wund
bis er aus seiner nacht

in jene nacht eintaucht
wo seinen Augen
nicht mehr fehlt
die welt

(1990)

Sphinx

ein leben lang saß
ich ihr gegenüber
schöpfte kein ja
schöpfte kein nein
aus ihrem stummen
aus ihrem steinernen mund

ist sie die wissende?
ist sie die betrogene?

(1998)

Kabbala

sieben arme wachsen aus dem leuchter
sieben worte schufen uns aus lehm
sieben augen gottes erkennen gut und böse
sieben schwüre zeugen für die liebe
sieben leben irrt ahasver durch die zeiten
sieben gerechte tragen unerkannt die welt
ein schekel geld zerstört das herz des menschen

(1998)

Kaspar

am galgen hängen alle wünsche
träume hoffnung glauben kränze
lacht kaspar seifenblasen in den
wind stülpt sich die narrenkappe
auf den kopf und reißt den
wahrsagern die lügen aus dem mund

(1995)

Der Schatten

dort auf den höhen
dort in den niederungen
erkannten wir uns:

er und ich
wir in der welt
verlorenen

(1994)

VOLL NACHT sind wir
voll nacht

aufgeschürft von der last
glänzt unser rückgrat

einwärts gekehrt vernimmst du
den urton

auch du wirst von einer
seele gespeist

(1990)

Vergessen

was ich geschaffen
was ich verschuldet
tilge ich aus dem
gedächtnis

ein schwarzer zylinder
gegen die sonne
hütet die nacht
in meinem kopf

(1998)

Das schwarze Gedicht

ich gebe euch keinen anlaß
mich zu lieben
meine seele ist an euch verdorrt
jetzt kippt meine schwarze zunge
eine ladung schwarzer flüche
auf eure köpfe

freunde feinde
mästet euch an meiner galle
meine schwarzen hände
erwürgen eure küsse
und mein herz
das schwarze loch
wird schwarze asche
aus euren schädeln trinken

schwarze zunge
schwarze hände
schwarzes herz

(1992)

Erhöhung

freunde feinde lehrer
verwandte schworen
den aufstieg schafft
er nie doch wollte ich
schmecken oben die luft
und bestach den henker
mich an den höchsten
aller galgen zu hängen

(1998)

WER mit seinem besitz protzt
verarmt an seinem leben doch
bereichern verluste noch jenen
der in der eigenen mitte ruht

(1998)

VON DUNKELHEIT GEFÄRBT

dunkel die seele dunkel das blut
ausgesetzt ins menschenmeer
aufgebläht in eurem schatten
dunkel die zeit dunkel das ziel
dunkel bin ich will ich bleiben
ein dunkler dorn in eurem
fleisch

(1998)

Vereinigung

in einen winkel geduckt
ein schrei
frißt die nacht

ein kaltes messer
erwärmt sich
in einer quelle blut

täter und opfer gerinnen
in einem schwarzen orgasmus
zu einer figur

(1995)

Trauer um Allende

freund des volkes nannten sie ihn
arbeiter geeint in härte und schweiß

mann der das gesetz achtete
und das licht trug durch die schmutzigen nächte
amerikas

ermordet von gesetzlosen händlern generälen
unternehmern
die bescheid wissen über geld und pistolen unfähig der
argumente des denkens

er weinte wenn er sprach von der armut der armen
er zürnte wenn dem recht unrecht geschah

schuhe gab er den barfüßigen spitäler den kranken
worte erklangen frei aus den mündern der schriftlosen

sein name ragt in eine kommende zeit
die aufhebt alle gegensätze

aufrecht sagte er zuletzt glaubt an das volk
um ihn trauern arbeiter fahnen und worte

(1973)

Die Uhren gehen normal

flugzeuge klinken ihre bombenlast aus
vor den gewehrmündungen aufgereiht
stehen die verfolgten
gefolterte heften ihre schreie
in die ungetröstete gefängnisnacht

die uhren gehen normal

steckbriefe verdunkeln die hauswand
eiserne stiefel treten die türen ein

jetzt wo uns der gegenmensch traf
esse ich auf einem abtritt die worte
die verboten sind
um sie nie mehr zu verlieren

aus jeder niedergeworfenen zeit
aufersteht
wieder und wieder
ein neues silbenrot

(1973)

Ein neuer Planet ist zu bauen

ein neuer planet ist zu bauen
ohne eisen zu gewehrläufen und stacheldraht verformt
ohne plastik das die erde überdauert
ohne ruß der die gesichter verdunkelt
und ohne den müll der alten gesetze

ein planet nur aus den leichten stoffen
der buchstaben zu wörtern gefügt
zwischen zwei lippen
die freunde sagen und zukunft

gebt euren zungen licht

ein neuer planet ist zu bauen

(1973)

In den Lehrbüchern

steht nichts über ihn
nichts was mich
ihn lehren könnte

lethe trinkt man nicht mehr
sagt charon
und stellt ein tränenglas
auf den tisch
für die witwen

er wird kommen und deine augen haben
schrieb cesare pavese
und im rock eines admirals
sah pablo neruda
ihn eintreten

ob hell oder dunkel
nichts ist gewiß

allein mit mir
werde ich
aus der zeit gefallen
liegen in der erde
ohne licht
und kein türschild
wird mehr
meinen namen
tragen

(1990)

DER KÖRPER

gestoßen von einer stunde
auf seine bahn
fällt durch den regen
durch betten
verbraucht
von liebe
ausgüsse rülpsen
über dem zahnputzwasser
schmutzige banknoten
knistern
zwischen den fingern
und weiter
das geräusch
des fallens
erst langsam
dann schneller
und schneller
woher? wohin?
fragst du
bis niemand mehr
etwas hört

(1973)

Scherbenlicht

im kehrricht der städte
haben wir uns eingerichtet,
mit einem sicheren gefühl für scherben.
die welt treibt auseinander.
ein puls ist in uns,
der den takt für die finsternis schlägt,
und wir werden der nacht
immer mehr ähnlich.
an den regenrinnen
zurück lassen wir
die sanftmütigen, die ängstlichen, die ehrgeizigen,
unsere vergangenheit
mit blumensträußen und aktentaschen.

wir werden in die veränderung steigen.

ein scherbenlicht um die stirn
sing ich ins dunkel:
gespalten ist das haar,
der neue mensch komme herauf.

(1968)

Die Gefangenen

an schlüssel und eheringe gekettet
die namen in datenbanken
versandhäusern und reisebüros registriert
kerkern sie sich ein
in bausparverträge und versicherungspolizzen

jeden monatsanfang
zählen sie das wirtschaftsgeld
auf die eßtische
liefern sich aus
an kreditzinsen und ratenzahlungen

in den familien
verdämmern ihre gehirne
zwischen mahlzeiten kartenspielen
beischlaf und den träumen
von lottogewinnen

(1982)

Bericht

vitaminmangel im märz
stört uns nicht mehr
die apotheken bieten tabletten an
schnee ist
dieses jahr
wenig gefallen
die stadtväter freuen sich
über die ersparnis an streumaterial
beraten die neue verwendung
der räumfahrzeuge
beim nächsten stadtfest zum einsatz gegen
obdachlose
in den diskotheken entflammen saxophone
die tanzpaare
zigarettenstummel treiben im rinnstein
das diagramm
auf dem monitor
des notarztwagens
diagnostiziert herzinfarkt
auf den müllplätzen
türmen sich die abfälle
jedem einwohner seine eigene biotonne
über einem viadukt perlen
die waggons
eines eisenbahnzugs
in die dunkelheit
musikautomaten brechen
die nacht ab
durch die abflußrohre
stürzen schwarze wasserfälle
aus den aborten

motorenlärm anästhesiert
die gehirne
autoschlangen stoßen ihre
abgase in unsere lungen
kinder wimmeln auf dem schulweg
im zickzackkurs leiten polizisten
den straßenverkehr
in geordnete bahnen
kirchen schlote hochhäuser
säugen den welken himmel
unter einem pappkarton
auf einer parkbank
steckt einer jungen schläferin
eine nadel in der blauen vene

(1991)

Dank an die Lehrer

dank dem stein
der mich geduld
und ausdauer lehrte

dank der mathematik
die mir den weg des einzelnen
vor den vielzähligen wies

dank der musik
in der der urton
mich wiegte

dank der sprache
die mir worte lieh
für die liebe

dank dem kapital
das meinen abscheu
vor den ausbeutern schuf

dank meiner mutter
die mir mitleiden half
mit allen geschöpfen

dank meinem vater
der mich zum widerstand
gegen die gewalttat erzog

(1996)

In diesem Land

jeder buchstabe
ein stein
von diesem land

jedes wort
ein stück erde
von diesem land

aus der erde
aus den steinen
wuchsen die worte mir zu

in diesem land

in der erde bei den steinen
soll mein mund
sich füllen mit staub

in diesem land

getröstet von rauschenden bäumen
von rauschenden flüssen
lege ich zurück meine worte

in die stummen gebete
der erde und steine
in diesem land

(1997)

DU siehst ihn nicht
du hörst ihn nicht
erst wenn im dunkeln
dich sein flügel berührt
erkennst du den falter

(1998)

EINGESCHLOSSEN

eingeschlossen in dunklen
ganglien gefäßen lymphen wort
für wort fiebergepreßt frostgehärtet
strahlt der diamant
gedicht

(1994)

ICH SCHEIDE

vom himmel	die erde
wechsle vom fühlsamen ja	zum störrischen nein
bete kein wort	zu den zahlen
tausche den stein	nicht für vergängliches geld
trenne am finger den ring	von der liebesnacht
versteigere den computer	um einen schreibstift
glaube anstatt der zeitung	der weisheit des esels
opfere kein vertrauen	der wirtschaft
gehöre dem tag	wie der verschworenen nacht
liebe die erblühte rose	die verfault in ihrem duft
aus adams lehmwelt	aus evas apfelreich
aus der wirrnis	aus dem gleichklang
von denken	von fühlen
dem zwiespalt	ungeeint
von ja	von nein
wächst	das

GEDICHT

(1998)

Im Labyrinth

von einem haus ins andere
von einem land ins andere
von einem jahr ins andere
vom lebeland ins sterbeland
die türen gehen auf die türen
schlagen zu im lebeland im
sterbeland geleert die becher
verloren den schuh vom
hochzeitsmahl zum blätterfall
im lebeland im sterbeland
geh ein geh aus vom lebeland
ins sterbeland

(1996)

DIE ANKER fahren zu grund
kein schrei steigt auf zur wassermeile
vergessen sind die möwe
der leuchtturm und der fjord

die nacht ist eine schwarze bö
wir werden keine wimpel setzen
kein notsignal aussenden

tief im rumpf
wo der sturm nicht mehr dröhnt
versammeln wir uns um eine lampenstunde

wenn die luke aufgestoßen wird
finden wir die magnetnadel im schuh

(1970)

MEIN WEG öffnet
mir augen ohren an
wegweisern querte
ich blitze vorwürfe
nachreden unter den
fußböden lockten die
fallen nullen legten
köder in mich aus
zum widersprüchler
gemünzt schlag ich
mit worten zu äxten
geschliffen wahrheit
aus gefälligem das als
erhabenes das leben
fälscht so bleib ich
bitter eurem mund

(1998)

IMMER wollte ich
das nichts sehen
ich stieg auf berge
tauchte in gewässer
blickte hinter spiegel
durchquerte die leere
ließ mich in kammern
sperren an betten von
krankheiten fesseln
ich stieß türen auf
zerbrach käfige suchte
in büchern
betete fluchte
fand kein licht
keine seele
verlor die liebe
kehrte in mich zurück
und erkannte das nichts
in mir selbst

(1998)

Yggdrasil

vom galgen
unseres jahrhunderts
scheuche du
        nachgeborener
den raben damit vom
sterben der weltesche
er nachricht bringe
odins ohr

(1998)

Der blutige Planet

ERDE der blutige
verfluchte gequälte
von seuchen hunger
kriegen zerstörung
heimgesuchte von
      menschen
durchschmerzte
geliebte PLANET

(1998)

III

ENGRAMME

*»Gott schläft im Stein
träumt in der Pflanze
erwacht im Tier
und lebt im Menschen.«
(Paracelsius)*

Anweisungen

geradestehen
und widersprechen

unverdaulich bleiben
zwischen den fettaugen auf jeder suppe

den langen geraden weg
den kurzen umläufen vorziehen

geduldig werden
mit der ungeduld

schwerfällig gelten
bei den leichtfertigen

widersprechen
und geradestehen

(1968)

Kreuz

aufgerichtet im gelben getreide,
am pfad des versäumten,
steht ein atmendes holz
quer auf dem duldenden balken des rückgrats
der tätige balken der arme –
schuld und schuld, ein lässiges kreuz,

heimatlos in seiner dämmernden kontur,
verwirrend schön, doch ohne güte:
der zerstörte engel der erde,
die ihm nichts gilt als flüche.

ich grüße ihn,
vor dem selbst die große sonne
niederkniet
jeden abend.

(1963)

Die Spindel

wer über sich hinausgelangen will
muß in sich selbst hinabsteigen

die irrtümer glänzen
zur welt ausgedehnt

in der eigenen tiefe
erkennst du den schmerz:

der mensch ist die spindel gottes
um die die schreie sich drehen

(1994)

Meine Seele ist eine gespannte Saite

meine seele
ist eine gespannte saite
zwischen himmel und erde.
auf ihr wandeln die tränen
sich zu münzen des seins.

schwarz schlüpfen die würfel
durch die maschen des zufalls.
die blinde zahl der schuld
wer hat sie geworfen?

ans tragen des himmels gewöhnt
mahlt mich die uhr
langsam zu staub.

doch bis die träne der amsel
meinen schatten aus der luft wäscht
bleibt meine seele eine gespannte saite
zwischen himmel und erde.

(1957)

Die Buche

schöner vielhundertjähriger
baum von blitzen gemieden
breitgefächert die äste
unter denen das volk
tanzte lachte feierte
zur hochzeit die blüten
von honigbienen umschwärmt
gerippt die blätter
lebensmale und todesmale
bei gewittern von wanderern
besungen: »buchen sollst du
suchen« mächtiger baum
wald aus buchen
wo goethe schritt
deutscher wald aus buchen
buchenwald

(1996)

Mahlzeit mit Fischen

zuerst mit enttäuschungen gespeist
dann die bittere wahrheit
daraus gekernt
ziehe ich
den gezuckerten versprechungen
den salzhering vor

(1994)

Sonnenharfe

auf den feldern
intoniert
die sonnenharfe
ihre gesänge aus licht
die gelockerten bronchien
der greise
husten den winter aus
urlauber
lesen keine zeitungen mehr
augustblitze
treffen uns nicht
in der mittagssonne
kapitulieren
die schatten
in den gastgärten
wachsen die bierkrüge

(1991)

DER SPIEGEL ist einsam
ohne frauen ihr lächeln
geschöpft aus blumen weitausgeblüht
im labyrinth aus haut haaren liebe
irrt minotauros voll sehnsucht
nach erlösung durch die frauen
ohne die der spiegel einsam bleibt

(1995)

BALLETT

an unsichtbaren fäden lösen
sich füße aus der schwerkraft

sticken schritte in menuette
walzer tangos rock'n'roll

einen teil trennen kreise
heben schatten über wimpern

biegen körper federleicht
regenbögen auf die erde

und der fuß der tänzer
zertritt den minotauros

(1995)

Der Tod des Minotauros

verlockt von ihren körpern
schleppt minotauros friedlos
sich durch das labyrinth
von frauen lebt auf stürzt
nieder siecht hin bis sein
horn abgestumpft in ihrem
schoß erliegt dem überdruß

(1997)

Don Juan

gebannt vom rätsel wie
sie lieben ob alle gleich
ob jede anders treibt
neugier ihn durch das
labyrinth aus frauen
wo er in ihrem schoß
sich ruhlos in sein selbst
gebärt

(1995)

Tao

der stein ist das
unvergängliche auge der erde

warum starrt er so beharrlich
in die leere himmelsmonstranz?

(1994)

Die Bücher

das erste buch
waren die schritte
eines menschen
auf der erde

befreit aus zeichen
und zungen wuchsen
die schriften uns zu:
gilgameschs lied

vom anfang und ende
der welt buddhas
reden unter seinem
vielstämmigen baum

den jüngern weitergereicht
durch die jahrtausende
lao tse's erkenntnis
vom sieg des weichen

über das harte gottes gesetz
aufgetragen den händen
des moses li tei pehs
gedichte gegen den krieg

die irrfahrten des odysseus
durch sich selbst die
erhöhung der elenden zu
geliebten in jesu bergpredigt

die welt eingekernt
als fliege im bernstein
in den sprüchen der chassidim
rousseaus theorie von

der gleichheit aller menschen
mallarmés vision vom
leeren buch das alle
bücher in sich birgt

worte aufgetürmt
zu zauberbergen
die weisen bücher
verfolgt verurteilt verbrannt

neu aufgeblüht
in der niemandsrose
das letzte buch
eine kahle formel

ausgespieen von
einem computer:
null mal null
ist gleich null

(1996)

Der Knoten

auf dem gedankenseil hochsteigen
und in sich versenken

unten
aus dem unentwirrbaren knoten
schneide ich

die schlafenden
worte

(1994)

STRAHLEND oben über
den winden seit je
krebs jungfrau und stier

hier unten bei staub und
steinen die menschen
einöden gottes
        verwehen

(1994)

Rosenkranz

aus seiner nacht
betet der blinde
perle für perle
seine augen in das
licht

(1997)

DIE MUSCHEL
ahnt nicht
wozu sie lebt.

eingeschlossen in sich
erschafft ihr schmerz
die perle

(1998)

KEIN FUSS erklimmt den
gipfel wo luft und grat
ineinander münden nur
der gedanke himmelwärts
den stein besonnt auf
dem das wort ein bettler
unter menschen als könig
über alle welt regiert

(1997)

BESTÄNDIG der stern
der stein der baum das
haus
wir
unterwegs
von da nach dort
eine staubsäule
in der fata morgana leben
wandern

(1997)

KEINE FEUERZUNGEN

auf den köpfen
aus dem maß stürzen
waage und lot
die händler schreien
ihr angebot von den wänden
an der rede erstickt
die luft in den mündern

läute
läute und läute du

wort

gegen die zeit

(1997)

Das Gastmahl

unser tisch, an dem wir essen und trinken,
ist gedeckt mit steinernen jahren,
auf denen wir schlürfen die schwärzliche rebe der toten
duftend nach ruhe und wahrheit.

ein stuhl steht für die verstorbenen frei,
daß ihr segen platz nehme bei uns,
aber den lästernden gästen flechten wir girlanden ins haar
und schenken das schäumende leben uns in die krüge.

die körbe sind mit angst und eifersucht gefüllt,
wo uns einlädt die nacht, eine bittere wirtin;
und der bettler hockt auf blankem stein,
dem ältesten und höchsten thron der welt.

auf dem bett der langeweile
schlief ich der schuld bei, meiner schwester,
mit einem messer anstatt des geschlechts,
und aß vom bösen, dem ich mein haar hinzufüg.

gestaltlos weht der ungeborenen seele vorbei,
der verdammten, auf der suche nach leben.
der mensch ist das chaos
und seine augen blicken ins leere.

wir lachen und würfeln
um eine krone aus eintagsfliegen,
doch niemand hört,
wie das zinn schreit in den schränken.

unerkannt zwischen uns
sitzt der fremde mit dem erlösenden haupt,
vor dem das holz des tisches
den opferzweig treibt.

wer aber bin ich, dem die lüge
knistert im mund?
werde ich jener dreizehnte sein, der das leiden verrät,
des menschen wahre gestalt?

in meinem herzen
liegt der eiserne würfel,
der die zerstörung anzieht
als niederschlagende blitze,

und ein dunkler fleck auf dem boden
blickt, blut oder essig,
mich an, starre maske des bösen
oder des todes.

nur die kälte lebt noch in mir
hinter leeren augen –
ich, von hoffnung unbewohnter mensch,
wüste stätte der welt.

und unter den resten verstummter gespräche
klafft meine stirn,
auseinanderrennende
schwarze spinnen ...

(1964)

Die Bauern

jahr für jahr
pflügt uns der schmerz
wir legen samen
in unser fleisch
ein körnchen geduld
und in den ähren
reift uns ein schmales gefühl
letzter widerstand
gegen die wünschelruten

(1990)

DER
wipfel
kahl entblößt
als wäre er skalpiert
von vogelschreien eingekreist
schlaff hängen seine starken arme
die brücken schufen häuser tische throne
ein nest den samen früchten und der sonne
mit seinen wurzeln spaltete er berge steine felsen
vermählte ring um ring die jahre worin die erde grün
zum himmel stieg den blitzen trotzend frösten wind und
schnee stumm schreit sein schatten daß unser schatten stirbt
mit ihm die zeit ist nah den hölzernen arm hebt er zur warnung
zeichen oder
galgen schon
kniet nieder
betet für ihn
den grünen grünen
baum

(1992)

DEN STEIN DER WEISEN
vergeblich gesucht in der
erschaffung von gold

gefunden geglaubt in der
zerstörenden kraft des
gespaltenen atoms

die teilung der güter
gescheitert an der gier
der menschen

fiel mozart der erdachte
stein der weisen
zu in seiner musik

(1990)

Das verlorene Wort

eingepflanzt den alphabeten
wort um das man pyramiden baute
tempel kathedralen
alpha und omega
von reklame zugedeckt
verachtet verspottet entleert
vergessen in sprachlosigkeit

erhöhe
erhöhe du
erhöhe du verlorenes wort

uns zu menschen

(1996)

ZERBROCHEN die werte
die worte
entleert
gedanken
treffen
einander
gespräche
münden
auf zerstörungsfeldern
klagerufe
spalten
die lieder
das stundenmeer
schwappt
aus den uhren
wrackteile
schwimmen
heran
fraktale
elemente
brandmale
besiedeln
eisschollen
ich finde wieder
meine aufenthalte

(1993)

WAS ICH NICHT BESITZE
kann ich nicht verlieren
kein haus kein zepter
keinen sack keinen ring

nur einen docht
trag ich mit mir
das gedicht
das aus dem innern
sich in worten erlöst

(1998)

Assisi I

deine hände barfüßiger
bruder berührten die nacht
ehrten die bettler und
die schuldlosen tiere

doch stumm noch immer
klagen uns tieraugen an
kälber vor dem schlachten
besprüht mit siedendem

wasser damit ihr fleisch
weich bleibe dem gaumen
der esser zum festmahl
bestimmten gänsen stopfen

die mäster mit stöcken
die nahrung durch die
gequält würgenden hälse
männliche küken

ungeeignet zum legen
von eiern werden in
trommeln von rotierenden
messern lebendig zu

futter zermahlen erlöse
barfüßiger bruder assisi
erlöse du unser aller bruder
tier vor dem mißbrauch

durch die menschen

(1996)

Assisi II

keinen kniefall
vor dem kardinal
keine vergebung
dem zwölften pius
der hitlers tätern
den leib des nazareners
spendete

die erde bebte
und assisis glocken
zersprangen vor scham

des messers schneide
trennt die zeit

ein neuer ölzweig
entwachse dem
versteinerten baum

(1996)

TONTAFELN
papyrusrollen
goldmünzen

die haltlosen bauten häuser
die starken ergriffen
den strohhalm

in uns ein himmelsrest
gräbt nach hoffnung

(1998)

VON RÄUBERN ausgeweidet
abgeschürft von der zeit
die königlichen pyramiden

unbeirrt wälzt der skarabäus
die ballen kot
durch die jahrtausende

(1995)

Drei Gräber

auf den marmorstufen
eines grabmals in ravenna
kniet ein mann
in schwarzem anzug
und flüstert einem
fünfjährigen knaben
die verse dantes ins ohr

eine junge deutsche lehrerin
legt im friedhof
von lourmarin
eine rote rose
auf den grabstein
von albert camus

im döblinger friedhof
auf einem noch rohen erdhügel
stecken ein roter und ein weißer
rosenstrauß und darunter
von einem kind hingestreut
eine handvoll gänseblümchen
als letzter gruß
für thomas bernhard

(1993)

Der Klee entblätterte sich
(für Engelbert Kliemstein, geb. 1934, gest. 1961)

der klee entblätterte sich
als du hinabstiegst
wo es still ist und dunkel
und wohin dir niemand mehr folgt

warum? warum?
schrien die hähne am morgen

aus den leitungsrohren
rauschte das wasser lebendig wie immer
aber die nacht stand dir gesammelt
über dem haar
und ein kalter geruch
der dem untergang vorläuft
und den hornissenschwärmen
ließ sich stumm nieder
auf deinem platz

am fenster summten die fliegen –:
das leise gewand des todes
der unsichtbar eintrat
mit steinernem Klöppel
und an die heißen becken schlug
der entgültigen Stunde

da blieb dein tag
eine sichere waage
stehen für immer

wer die erde verliert
lebt als licht
im munde der lampen

(1961)

Die Augenperle Schmerz

ohne leuchter und krug
leben wir hier auf der erde
kein tor tut sich auf
kein lied weckt den morgen
das land schweigt zu
seine toten

langsam eine augenperle
durchschmerzt
das warten der steine

schnellt die geduld
uns ins ziel?

(1990)

die frau
das kreuz
die rose
ich entblätterte sie trank ihre düfte
aß stengel und dorn bezahlte die küsse
mit blut opferte weihrauch und seele
und in mir
erwachte
die rose

(1992)

Ode von Fleisch Wunde und Gewand

(»ich ist ein anderer« arthur rimbaud)

vom hügel blicke ich zurück
meiner dreiunddreißig erstiegenen jahre,
wo in der ferne noch ragt
der weiße baum meiner kindheit,
da die welt hell war von zungen
und ich durch die reifen sprang
aus den feuern warmen gelächters.

eine rußige larve noch bei den zeiten
flog ich mit seelen und gefiederten samen,
bis ich mein herz fand im weiblichen ei,
fischhaft aufwärts schnellte die tode
und meinen namen riß aus der umschlingung
eines mannes und einer frau,
als das licht brannte der schmerzen
und anzog alle geburten.

farbig beugte der schein sich über mich
meiner mutter; mücken tanzten mit träumen
um eine girlande fliegenpapiers;
ich sah vierjährig den zeppelin kreisen
über dem haus, und meine füße ritten
den jubel durch das pfützenaug
einer abgeronnenen wolke.

doch geschlossen für immer sind nun die tore
und von unkraut verwachsen,
wenn auch der schuh noch sich füllt
mit erinnertem schnee.
feuer schlug aus den himmeln,
daß entsetzt die spielkronen
wie abgerissene kokarden von besiegten entflohn
mit den kinderballons; und kehrten nie wieder.

eine ratte, fraß der bruder meine wurzel ab zu den vätern,
während kampf tropfte von jedem finger,
schoß die schuld grünend aus meinem stamm,
und ich trug mitternächtige blätter;
aber vor den blanken stirnen der steine
verberge ich mein gesprungenes antlitz
und mein häßliches echo, das an den wänden
zerschellt zu freudlosen bällen.

nun blättern spiegel in meinen gesichtern.
welches ist wahr?

boshaft schlägt das tier an unter den rippen,
das schreckliche maul in die wunde gepreßt
und von der blutbahn ernährt,
darin lautlos der todeskahn treibt.

ein lächeln tastet sich fremd durch mein innres,
die liebe zu suchen am erkalteten ort,
während der knirschende sand zunimmt
in den wunden,
und die jahre sich langsam füllen mit toten.

nachts in meine gedanken vermischt
atmen die weißen phantasien der alkoholflaschen;
ein kahles ringelspiel dreht sich,
und unter der narrenkappe
schleift die seele durch das zerfallene haus.

wer ist der winkende fremde,
verschimmelt in seiner haut
und mit augen von grauem star?

wohin führt er mich auf der gespaltenen zunge,
die ausspricht den falschen und richtgen weg?
ist das die zukunft, die sich bildet im lehm?

in der leere begegnen wir uns, angefüllte
mit haß, schwarze magier im schweigen ... :
er, ein mann gebündelt
aus schatten und stroh, ungreifbar in die seele entrückt;

ich, mit stählernen schellen gefesselt,
den mund voller späne, ein baldiges wrack im herbst ...

oder ist er ich, und ich bin der andere,
der aus der höhle tritt des körpers, lehmgestalt adams,
leise bröckelnd im regen, und sich entfernt
über die stoppelfelder?

krähen schwärmen mir zu häupten, die flügel
schwer und schleppend von meiner angst behängt ...

und stille malt mit essig an die wand
ein nacktes schuldgesicht: das zeichen,
daß ich lebe ...

(1964)

Prozess

(für Josef K.)

ein gesetz
so viele richter
so viele anwälte
und wie wir alle
verurteilte

(1998)

Der Kreis

in sich gekrümmt die linie
ohne anfang ohne ende ort
aller punkte den kreis als
grundform der welt erkannt
die lehre im gedächtnis der
menschen
geborgen ungeborgen
archimedes als der soldat
mit dem schwert die kreise
löschte in seinem kopf

(1998)

Requiem

dein fleisch verging
von hohen spiegeln wiederholt
als wäre der dinge ordnung
nicht verletzt durch diese wunde

auf umgestürzten würfelbechern
liegt das netz der spinnen
die speise aus verhängnis
die die toten aßen

die stunden kleiden sich
in die musik des schweigens
und fassen nicht
das leere immer deines abschieds

bald wird keine hand
die zeit abstäuben
vom vergessen

(1959)

Innenraum

in der leere des zimmers
durch das die tat deines wegseins irrt
hängt die ernte der traurigkeit

von den spiegeln vergessen
unstofflicher als ein geist
lebst du in der luft

jeder stunde enterbt
speichert die abgelaufene uhr
stille und grünspan auf sich

unermeßlichkeit des staubes
des todes!
halboffen im rahmen
weint eine tür ...

(1958)

HARLEKIN kniet auf dem
härenen seil der welt

stülpt sich zuckerhüte voll lachen über
den kopf um auf dem abgrund zu tanzen

ein weißer tropfen leid fällt
aus seinen augen zur erde

irgendwann irgendwo stürzt er ab
vom härenen seil der welt

wir hören ihn fallen
woher? wohin? fragst du

er aber sagt begrabt mich
in den traurigen sternen

meines gelächters

(1960)

Erinnerung

in den verlassenen räumen
durch die deines schattens
zarte tat nicht mehr eilt
ist das schweigen vereist.

fern du wie einem spiegel:
wird hinter den jahren
jemals das vergessen sich schließen?

unter dem lid zeltet die trauer.
ich habe mit meiner gitarre
dich in den winden begraben.

(1957)

Exil

alle pfade sind ungangbar
das alter hat mit langen jahren
mich eingekreist

in meine hände gegraben
liegen die orte des exils
aus denen keine reise mehr wegführt

und niemand weiß
was kommt
nur das leben
öde und grau wie langeweile
lehnt an den tischen

wir sind zu spät in der welt
um noch zu glauben –
überall wände, mauern
und keine tür

und die uhr starrt uns an
das offene auge der zeit

(1958)

Vor Troja

vor troja faulen die kreuze der schlacht
mit dem zerschossenen stahlhelm darüber
die füchse bellen durchs tal
und die silbernen eschen
saugen den schatten der erschlagenen
aus dem atem der welt

lotrecht raucht die stille
aus den kaminen
als zerbrochene spindel
liegt das leere leben
in den händen der witwen
und sie warten auf den gärtner
der die rosenwurzel ihres herzens ausgräbt
für die mäler der toten soldaten

vor troja faulen die kreuze der schlacht
metallische winde
durchlöchern den himmel
streichen der überlebenden fahnen
und streun uns brennende asche
ins antlitz

(1960)

Ninive

gewalt ist das fundament
unseres jahrhunderts
häscher jagen das vlies
zwischen abend und tag
brechen den schlaf aus den häusern
und schleifen mit tauen gebunden
uns fort nach ninive

überall auf den straßen
holt uns der gegenmensch ein
er schneidet das kreuz ab
und schlägt uns an die schwärzlichen scheite

viele starben
aber wir säumten den tod
in die feste gewißheit
und erkannten
wir würden stärker sein als die wächter

wir hielten die hände
über sich langsam verbreitende feuer
zündeten unsere finger an
und sie brannten
und die nacht wurde hell von leid

nun wissen wir wieder
daß seelenzeit ist
nie in früheren tagen
lebten wir dichter

(1960)

Weissagung

gib auf diese wacht
in den kalten ebenen
soldat dein gewehr
rostet im regen

noch kannst du fliehen ...
du kennst die daten
vielleicht kennst du sie
wo man dich
zu unserer erschießung befiehlt
aber du ahnst nicht den ring
der alles schließt:
in delphi weissagten die frauen
daß der sieger verliert

wie die türme steigen wir hoch
aus asche
und wenn von uns keiner mehr lebt
gehst du in uns über
und wir sind aufs neue enthüllt

noch kannst du fliehen soldat ...
wenn wir erst tot sind
ist dein posten überfällig
und dein gewehr soldat
rostet im regen

(1960)

DIE ERDE KLOPFT

freundlich trägt sie
das gesicht voll gras
streut jahre
blüht augenblicke hervor
äpfel und schnee
die sie gleichwägt
in meinen zwei armen
von keinem zu wenig
von keinem zuviel

so gehend auf ihr
von ort zu ort
von abschied zu abschied
erlerne ich
ihre alte
gesetzliche sprache

die erde klopft
erwartet doch unbegrüßt
tritt sie an meine tür
fordert herrisch
was ihr gehört
bis in der träume
bläuliches eingeweid
und ich gebe zurück
was sie mir lieh
zu kurzem gebrauch
gedanken licht liebe
die kostbarsten worte

(1967)

Wanderung

einen tag zündete ich an
nach dem anderen,
die mein herz erbaut hatte
aus leichtsinn und glas,
und als rauch flogen sie fort,
schreie und heftige vögel.

weither
durch die einöden zog ich
mit meinem schatten,
und die jahre, silberne fäden, durch mich;
ein erdreich voll lügen und kot
schleifte mir nach an den füßen,
mein essiggetränktes bett
und meine bahre.

an der mauer der salzstadt stand ich,
allein, augenlos, blind,
ein hahn hißte den schrei,
ich hörte im innern den totensand wandern,
jemand kam, ich atmete noch,
sie fuhren einen karren staub
in die nacht ...

(1964)

Söhne des Zufalls

wir sind die söhne dieses jahrhunderts,
denen die tür verbrannt ist
zu ihrem leben.
im mantel aus wind
wandern wir um die erde
und hissen den rauch über uns,
die namenlose fahne.

wir streiten für sie,
wo die wegweiser stehen
und erwarten barhaupt ihre farben:
das grau des nirgends
und das weiß der stille.

gewehre wachsen uns aus den armen
und hölzerne krücken.
nichts gebaut, sagen die leute,
und nichts geboren.
wir sind die zu spät gekommenen,
die gescheiterten, die schmutzigen
in einem aufgegebenen jahrhundert.

nachts hallen die rufe der ronden:
namenlos, heißt ihre losung.
namenlos bleiben auch wir.

nur die fromme magd im heu
deckt uns manchmal
das herz ab von den wintern,
die kleine klingende
glocke aus eis.

als vogelscheuchen verkleidet
halten wir hof
auf vereinsamten äckern,
den unglauben verkündend,

wir: söhne des zufalls,
heilande des nichts.

(1967)

ZERFALLEN DIE REICHE
abgedankt die herrscher
kränze kronen zylinder
von spinnen verwebt
auf blankem stein dem
ältesten und höchsten thron
der bettler ist der könig

(1993)

Die alten Funde

überall war grünspan
der rock der götter
wo sie troja ausgruben
oder das gilgameschlied
sie machten immer dieselben funde:
grünspan
und in den betten
das zerfallene staubherz des menschen

(1963)

Mit Keilschrift

an die stundenweiße zukunft gelehnt
versuch ich zu leben
auf dem kleinen stück land
das mein schatten umzäunt.

hier will ich bleiben, ein mann,
seßhaft in seinem brauch, sein brot
zu erschaffen; – das dunkel,
herrschaft des abgotts, zu roden,
und reifen zu lassen
die güte, die scheue sonne,
darin vor der schneesaat
ein kärgliches lächeln
uns die sichere höhle erbaut.

wieder, wie einst, vorzeiten,
in der leere am anfang der welt,
vier hände, zwei münder,
die ersten menschen,
siedeln wir das glück an,
das einfältige.

(1963)

Die Zeit

vom mund ins gras gespart: die leere zeile.
nichts hörst du,
nur die langsam ziehenden schritte –;
kommen,
gehen,
die alten, stets gleichen geräusche.
wir sind da
und vorbei.

offen zum staub
wehen die türen.

(1967)

Port On

port on, wo die schatten rasten.
port on, wo die wegfahrer ziehn.

umworben von schweiß gehört es den scherben.
sie blühn, wo die verlorenen gehn
zeiteinwärts in niemandes land.
eine windmeile weiter
begrub ich den vater unter dem stein.
die worte stehn noch vor verwehtem haus.
wir haben dort flüsternd unsere namen gehört.

port on, wo ich lebte.
port on, wo ich sang.

(1967)

Nie kehrt ein Stein

nie kehrt ein stein den man wirft
zurück in die faust

nie findet ein manager
seine seele wieder

nie kann der staub
tränken den durst

nie hört der stahl auf
sich als waffe zu emanzipieren

nie vergißt die uhr
den wettlauf mit der zeit

nie

einmal wird ein haar
krümmen das messer

einmal wird das wort
den dürstenden laben

einmal wird der zorn
im eigenen feuer verglühn

einmal wird die weisheit des esels
über den richter brechen den stab

einmal wird die uhr das dunkel
löschen in unserer spur

einmal

(1998)

VIELLEICHT damit man ankommt
genügt ein schritt in die falsche
richtung eine ballonfahrt in die
stratosphäre ein trompetenstoß
auf dem bahnsteig die reisetasche
die abschiede weidet oder einfach
daß man die eierschale sprengt

(1997)

EINE SPIRALE STAUB
peitscht der mensch
sich auf zu den sternen

an der grenze
des raums versiegeln
schwarze löcher das licht

jenseits der zeit
kehrt die welt
gesättigt von leben

zurück in das
alles verschlingende
alles gebärende nichts

(1997)

HERBSTZEITLOSEN
unter rabenzerklüftetem Himmel

erntefeuer brennen
unsere gebete ab

hörst du
die stimmen
jenseits der erde?

(1991)

Die Krüge

immer wieder tauchten wir krüge
die lautlosen stunden hinab
mit jedem mal
eckiger
runder
wir
schöpften
die nacht aus
den brunnen kein schwur
heilte die risse in der tiefe
erklangen wir als scherben zu zweit

(1998)

MIT ZUNEHMENDEM ALTER
merkst du wie dir in der welt
hören und sehen vergeht

immer mehr zu gräbern
ebnen sich die erwartungen ein

(1997)

Niemand

niemand erlöst die tränen
aus dem stein

niemand lädt sich blitze
auf sein dach

niemand wägt die schatten
die im licht verglühen

niemand heilt das wort
mit einem schrei

niemand

jemand hat das eisen
mit dem tod gekreuzt

jemand düngt die erde
mit der menschen blut

jemand hat das feuer
in den herd gezähmt

jemand wird die schreie
zum gebet erhöhen

jemand

(1997)

Veränderung

dann
gehen
wir

du weißt
wir verlassen
die orte
die feinde
angenähert

wechseln
die fahnentücher

durch zerbrochenes
weht noch
dein name

wir kennen
dein gesicht

kaltblütig
du

regen rauscht
über den gruben

wir liegen am rande

uns streifte
ein helles vorbei

(1968)

NIRVANA

jenseits der menschen
der tote schreit auf
vor wiedererweckung

(1997)

ZWISCHEN DEN FAHNEN
verlierst du den halt
der ideologien

da erkennst du
daß du
ein mensch bist

(1992)

DEN SKARABÄUS
kümmert nicht der
tod der materie im
universum nach so
vielen jahrmillionen

das reiskorn das den
hungernden nährt kennt
nicht den marktpreis an
dem der händler seine
gewinne verdient

geduldig das kamel in
der karawane die in die
wüste aufbricht hofft
auf die rast an einem
brunnen in der oase

nach dem hochzeitsflug
die bienenkönigin will
der zukunft ein neues
volk gründen in ihrem
erwählten stock

nur der mensch plündert
die erde im glauben
daß er selbst sich mit
seiner schuld dem
nichts hinzufügen kann

(1998)

VON DEN SPUREN
der verschwundenen
erhöben sich seltsame
zellen aus licht schworen
einst die wegfahrer SOS
notrufe störten ständig
ihre gespräche klagen
heute die handybesitzer

(1998)

Der weisse Fleck

keine geheimnisse mehr
keine unbezwungenen landstriche

der weltraum
                                        eine anhäufung
                                                    von galaxien
auf messiers sternkarte
urmaterie unter dem
                                        elektronenmikroskop
singvögel auf dem flug
                                        zu ihren brutplätzen
verbrechen erklärt
                                        die tiefenpsychologie
                                                    als erfrorene liebe

alles entschlüsselt
alles erforscht

                                                    nur der weiße fleck
in der unsichtbaren mitte der welt
um den gedichte kreisen
                                                    bleibt
                                                        unentdeckt

(1992)

Schattenlicht

in den rosenblüten
sammelt sich das licht

durch deine hände
wächst der dorn

vermähle sie und
du lernst leben

(1998)

Psalm

lob den fahnen
die weiß sind von frieden

lob den beherrschten
die sich den herrschern verweigern

lob den messern
die stumpf bleiben den schlächtern

lob dem farn
der die burgen erobert

lob der schildkröte
die durch die erdalter wandert

lob dem wassertropfen
der die jahrtausende höhlt

lob den generälen
die auf den friedhöfen ruhn

lob den kirchen
die keinen glauben verkünden

lob den gehorsamen
die dem zweifel gehorchen

lob dem gott
den niemand kennt

lob der erde
die die beste ist aller welten

lob dem papier
auf dem gedichte entstehen

(1992)

IV

Von der Notwendigkeit des Vergeblichen

»Und wüßte ich, daß morgen die Welt unterginge,
würde ich heute noch ein Bäumchen pflanzen.«
(Martin Luther)

Von der Notwendigkeit des Vergeblichen

ich weiß
daß ich die welt
nicht bessern kann

dennoch unermüdlich
wälze ich stein um stein
für ein wehr gegen die nacht

so bleibt mir die hoffnung
wenigstens mein leben hat
die welt nicht verschlechtert

(1998)

Sisyphos

splitter im mund
von der vergänglichen zeit
halte ich mich
an zerbrochenem fest

dem zu scherben geborstenen glas
durchlöcherten schuhen und hüten
einem strohhalm auf brennendem dach
der uhr der das stundengarn riß

bröckelnden ziegeln in der stürzenden mauer
den wie ich todgeweihten
körpern der frauen
mit meinen küssen geschminkt

auf den müllplätzen
an schutt und gesprungenem geschirr
in dem das nichts
seine lautlosen glocken läutet

den fahnen auf halbmast
die wehn und verwehn ...
dennoch unaufhaltsam wälze ich
meine seifenblasen
gegen den wind

hosiannah!

(1991)

ES IST WAHR
daß wir geheimnisse verachten
im dickicht der trommeln
stoßen wir auf proklamationen
platt wie die stirnen derer
die sie verkünden
der zerbrochene stuhl
muß heil erscheinen

monturen greifen
ein in das spiel
der schuld
wir werfen die lösungen
zurück auf die fragen
und queren die katheder
mit einer fuhre
voll kantiger ackersteine

hände füße köpfe
auf die mündig
das offene auge vertraut
stehen wir verstreut
auf maschinenstraßen
wo wir bedroht
doch nicht verängstigt
die feuer der zukunft erwarten

(1973)

Querungen

wenn ich auf den busch klopfe
öffnet sich der kopf

vor den einkäufen
nähe ich meine brieftasche zu

die vielen ohnmächtigen mehre ich
gegen die wenigen mächtigen

um das volk mehr lieben zu können
flüchte ich in die einsamkeit

den aufmärschen
verweigern sich meine füße

die reichen beklagen ihre verluste
meine verluste reichern mich an

starrköpfig spekuliere ich mit gedichten
gegen aktionäre und börsenmakler

täglich alles vergesse ich
was schwarz auf weiß in den zeitungen steht

und lasse mich belehren
von der störrischen weisheit des esels

(1992)

Narration

mann und frau gegen
die welt vereint an
einen namen gekettet
die betten schäumen
von haut haaren rosen
da auf dem küchenherd
schwüre verdampfen
regenbögen erlöschen in
den zimmern staublocken
wachsen der geruch nach
verbrannter milch und
windeln sich verdickt im
kindergeplärr »verdammte
brut« schrie schiller
und schrieb akkurat
mit dem federkiel »seid
umschlungen millionen«
wo ein anderer die axt
schlüge in tisch und bett

(1998)

Lehrsätze

lange vor uns haben schon die wälder
kathedralen erbaut

glück ist eine erfindung des menschen
das unglück kommt von selbst

wer die erde küßt
muß deswegen noch keinen kopf haben

dem langwährenden unheil
den augenblick heil abringen

den gefälligen jasagern
das nein entgegensetzen

die oberfläche durchbrechen
und in gedankentiefe eintauchen

den rechtsauslegern
einen linken haken schlagen

wegen guter aussichten
nicht die einsicht verlieren

die nachgeborenen lehren
daß sie sich dem unrecht verweigern

den oben sitzenden
von unten beine machen

(1995)

DAZU LEBT DER MENSCH

daß er häuser baut städte
mit bomben auslöscht bäume
pflanzt wälder abbrennt
gesetze schafft die sich
dem recht verweigern
reiche gründet die völker
unterwerfen in zahlen redet
und sprache verlernt
über die erde herrscht und
sie im menschenmeer
ertränkt den atomkern
spaltet doch das reiskorn
mißachtet auf erlösung
hofft und den menschen
kreuzigt mit popmusik
und fußballspielen opium
träufelt ins volk aus dem
chaos bete und bete und
bete und bete ich meine
worte gegen die zeit

(1998)

NICHT AUFHÖREN dürft ihr
mit fragen warum zwei mal
zwei vier ist warum zahlen
die herrschaft über die worte
errungen haben warum die
einen im überfluß leben und
die anderen hungern warum
börsengewinne steigen und
die sparzinsen sinken warum
computer zu sprechen beginnen
während menschen die sprache
verlernen warum freundlichkeit
als schwäche gilt und gewalt
zunimmt nicht aufhören dürft
ihr zu fragen warum es ist
wie es ist

(1998)

V

DISTELREICH

»Wo Gefahr ist, wächst das Rettende auch.«
(Hölderlin)

DIE DISTEL

karg aus
löchern ritzen spalten
wächst zwischen steinen
in gefängnishöfen sprießt
mit einem
lichtwort
kröne ich sie zur
königin

(1998)

IHRE BLÜTE als kokarde
auf der stirn diene ich
der widerspenstigen die
sich mit stacheln wehrt

über berge täler steppen
herrscht kein fluß kein
gletscher hält sie auf
ihre samen wurzeln

in fluren aus ritzen
sprießt sie im asphalt
und von vergessenen
gräbern noch wächst sie

in meinen distelmund

(1998)

DISTELVOLK

öffne die arme
nimm mich auf
zähl mich dir zu

verleih mir stacheln
gegen die zahlen
gegen das ja und das nein
die einander
nach den umständen wechseln

laß stachlige worte
wachsen in mir
damit sie im dunkeln
das licht zwingen
zum blühen

öffne die arme
nimm mich auf
mit meinen stachligen worten
zähl mich dir zu

distelvolk

(1998)

DISTELREICH

nicht streite ich für
throne fahnen länder
wo der schattenmensch
herrscht leihe ich den
stacheln das wort daß
aus ihm sich gründe
   das distelreich

(1998)

Wo ich wohne

tragen die tische
frieden in die münder.
eingewachsen bin ich
allen räumen
und mein atem
steigt als rauch
durch die kamine.
abgesprengt
dem baustoff der welt
stehen die mauern
gegen die zeit.
und niemand
kann mich
hier vertreiben.
niemand kann
meinen mund
meine hand
meine zähne
aus der tür
aus dem gebälk
aus dem estrich reißen.
in jedem winkel
jedem stein
findet er mich wieder
ohne verstummen.
nicht greifbar
hält es der wirklichkeit stand –
brandstiftern stürmen und flut –:
das haus meiner worte.

(1967)

Der Weg

ruft die hunde zurück
die wilden schakale –
wegabseits führt die spur
der karawanen
vergangen und körperlos

meidet die brunnen
das wasser
verwünscht unser herz

dürstet!
vielleicht mehrt unser mund
die welt
um ein gran
geduld

(1960)

Don Quixote I

damit ich einsichten gewänne
versperrte ich die aussichten
hinter der tür zur
rumpelkammer
entdeckte ich immer wieder
mein spiegelbild

(1998)

Don Quixote II

belächelt doch geliebt
von narren hebe ich
die lanze gegen trinker
raucher autoraser lärmer
banker
handelsketten
grammatikfehler in den
zeitungen
versenke sieglos
meine worte in der
rumpelkammer
wo unter niederlagen
ich in mir selbst
verharre

(1998)

Reifung

auf der überholspur
freunde feinde deuten
die fragen zu antworten um

an versprechen gehißt
gilben die ehrenwörter
null mal null und null

fahnenflüchtig den ideologien
suche ich den weg
durch die menschen

(1998)

WAHRHEIT verbirgt
ihren wert blickt
über erhöhtes hinweg
achtet geringes läßt
falsche gewichte am
boden zerschellen fliegt
mit asche und blütenstaub
den winden entgegen

(1998)

Staub und Sterne

gesammelt im menschen
das universum von leben
und tod galaxien aus licht
schatten freude trauer in
die blutbahn gepflanzt
erkoren zum kosmischen
mittelpunkt ziel und ende
der schöpfung im chaos
          mensch

(1998)

Evolution

im menschen geformt
aus staub und sternen
das universum
strahlend galaxien
von leben und tod
in seiner blutbahn

die elemente feuer
wasser erde luft
ruhen in ihm steine
moose farne bäume
in seinen adern
pulsieren als ahnen

fische vögel säuger
bakterien geschwüre viren
kronen aus gedanken
erschuf sein gehirn
kathedralen fügte er
aus tönen

erlöser zerstörer
entwuchsen seinen hoden
als ziel und ende
erhöhte er – chaos
der schöpfung –
sich selbst zu gott

(1998)

LAST FÜR LAST
trag ich zusammen
sandkorn um sandkorn
damit die wüste in mir
wächst

es blühen mir stimmen entgegen
aus dornen und stein

wenn du dein herz ausgeschwitzt hast
erkennst du die wahrheit

deine wunde
ist die quelle

(1993)

IN MEINEN WÜSTEN
lebe ich allein
nur an den himmel
genäht die augenfäden

in meinen wüsten
herrsche ich über
tage nächte sterne
höre lautlos die zeit

enteilen in meine leere
doch an den himmel
genäht die augenfäden
ruhe ich in meinen wüsten

(1998)

In der Sandnacht

wehen wir sandgeborenen
von düne zu düne

aus sand gebaut ist unsere wohnstatt
wir sind auf dem sand gekniet
wir wiegten ein sandkorn im arm

über uns geht
der tonlose schritt der planeten

vielleicht
– einmal –
wächst der atem
eines kindes
uns nach

(1973)

ERDE bringt tage nächte
hervor schrei für schrei
setzt sie lichtseelen aus
ins menschenmeer erde
erwärmt unsere körper
erde erhält freude und
trauer dem leben erde
wägt last liebe lust uns
in die arme erde löscht
das licht aus den augen
erde füllt uns die münder
von erde gezeugt leben
wir aus erde zu ERDE

(1998)

Taschenlied

an einen bettel
hänge ich mein
lied einen stein
auf der zunge
als gebet für
die erde spare
ich worte in den
mund damit des
händlers faust
verdorrt
an meinem
portemonnaie

(1998)

LOSLASSEN was jeder hält
durch das haus weht die luft
weht durch taschen weht durch
säcke zählt nicht den groschen
zählt nicht das pfund luft weht
und verweht name und bild
zuletzt die zunge löst sich vom
stachligen wort

(1998)

WEISS sagt man sei keine
farbe doch weiß hat stets
im hermelin geherrscht
weiß ist der schnee weiß
der stern in erloschnen
augen weiß reift in der
leere weiß unsere fahne
träumt den frieden weiß
leuchten schmerzen in den
körpern weiß ist das tuch
auf dem wir dem tod
entgegenblühn weiß bleibt
das ungewisse das alles
birgt weiß ist der anfang
weiß das ende WEISS

(1998)

Am Brunnen

wo wir wegfahrer ziehn
von nirgends nach nie
verwehen die schritte

wir sahen das licht
sahen wir es?
die irrtümer glänzen
zur welt ausgedehnt

wo ist das ziel?

du fieberst von leben
lächelt der alte am brunnen
und verhüllt das gesicht

(1992)

Die Farben des Lebens

grau, diese farbe von jedermann, trägt mein gesicht.
grau wird der distel verliehen,
die siegreich blieb vor den steinen.
grau ist der staub, um uns zu trösten,
und grau, was uns herzen prägt für den tag.
grau eilt, wo ich geh, meinen füßen voraus.

weiß sind die äpfel meines reiches.
ich kenn den schnee, mit dem sich tote färben,
und die weiße stille der gedanken –
kein gold, kein silber, die das wort verfälschen,
auf einer nadelspitze
bilde ich den stern.

das schwarz bleibt mir zuletzt.
schwarz ist mein schatten, den ich grüße.
schwarz legt der zweifel seine netze in mich aus.
schwarz bin ich könig, schuld, und strafe.

(1966)

FEUER UND LUFT
will ich werden
nicht in der erde
faulen wo würmer
und wurzeln zehren
an totem fleisch

nicht in feuer und
luft will ich verwehn
in der erde laßt mich
ruhn damit eine pflanze
sich nähre von mir
und eine distel blühe
aus meinem mund

(1999)

IMMER FERNER leuchtest du
immer näher

ein weißer stern in der erde
ziehst du deine ellipsen
durch unser herz

(1984)

Brunnengespräche

was suchst du
wanderer
nie langst du an
leben ist eine wallfahrt
ins leere

sand rinnt durch unsere körper

die hand stirbt
der mund verstummt
die schrift verblaßt
grünspan frißt die götter

hinter den versiegten spuren
der pilger
hörst du in der sandnacht
das flüstern der brunnen:

ist leben nicht genug?

(1992)

VI

Lichtmarken

»Nicht siegen, überstehen ist alles.«
(Rainer Maria Rilke)

DEM LICHT SCHWOR ICH ZU
den eid meines schattens:
wir sind verbündet.
stein für stein spielen wir aus;
silbe um silbe.
vertrauen schwamm in unser aug,
eine von niemand mehr getragene helligkeit.

ein rauch stieg empor,
von dem, was brannte in uns;
du sagtest nicht: bleib; ich sagte nicht: geh;
offen lagst du zutag,
und warfst, was dunkel war,
aus unserer stunde.

(1967)

Vogelschnüre

schnüre aus vogelzügen
knüpfen die welt
an die zukunft:

jedes jahr
bringen die stare
aus dem tal der nilkönige
den sommer zurück
für die keimende saat im boden

noch immer
trotz wasserstoffbombe und trägerraketen
sammeln die liebenden
den gegenstrahl im herzen
der sie feit vor dem leeren
und mit dem sie
den kristall der ordnungen bilden

noch immer
lehren die heilen dinge
die tiere und steine
uns sinn und glück
des einfachen lebens

vogelschnüre
knüpfen uns
an das stille versprechen
vom überleben der welt

(1960)

Sternwarte

lautlos
in meinem innern
decke ich das herz für den gast:
meine gedanken
einsame bewohner der stille

aus dem verborgenen
schweben sie als leichte gestirne heran
und werfen ihr licht über mich
immer reinere
kerne der freude

aufgefunden habe ich
zwischen der vergänglichen erde
und dem unsicheren all
strahlend
den harten diamanten
des gedankens

(1962)

Das Haus

heute wird es nicht dunkel.
honigfässer voll freude
stehen auf den hölzernen tischen
daß die bienen aus licht
unsere stuben durchschwärmen.

wir lachen und feiern
und niemand ahnt unser geheimnis.
nur das haus,
ungehört atmend,
erinnert sich leise
seiner väter und söhne
die versunken sind
in der zu wasser gewordenen zeit.

langsam bewegt sich
der verhohlene sinn
auf das wirkliche zu:
jedes jahr erneuert die kartoffel im boden
unseren bund mit dem leben.

wir lachen
und feiern die hochzeit der bäume
doch morgen schon kann die schlange
in den nestern der erde
unser geheimnis aufstöbern
unser tägliches gelege von tränen.

so wohnen wir
wo der blitz uns versteinern wird
unterm dach,
dem himmel
und den reisenden wolken am nächsten ...

(1962)

Die Lampe

immer mehr starb ich
meinem inneren zu.
die worte fielen ab,
meine hände,
das aug und das ohr
als die bindenden
glieder zur welt.

ganz still
wie einen lautlos
atmenden docht
führte mich einwärts der stollen,
der jeder seele eingefädelte weg
zu dem gesättigten frieden
der öle.

da riß plötzlich
von der spitze des herzens
ein licht sich los

und erleuchtete mich
als eine lampe
von innen.

(1962)

Zu Gast

waldlust ein paar bäume blumen
rosen vielleicht ja ein rosengruß
rettet unsere hoffnung abgelebt
von zeit nahe ein hahnenschrei als
mahnung unsere worte wechseln
von mund zu mund czai ein großer
rüde trägt ein stück stille im maul
legt sich zu unseren füßen vor
der sonne im zenit geben die
schatten den verrat auf fast im
gleichgewicht die welt wird leicht

(Biedenkopf 1994)

Ode an Österreich

alles was bleibt und was vergessen wird
furcht das land in sein antlitz,
feuer und opfer säumt es ins schweigen,
wie die ruhmlosen orte unserer überschuldeten liebe.

wo mein vater baute das haus,
reden die tische voll freundlicher zungen.
hier bin ich glücklich;
hier hebt die ebene ihr sanftes apfelgesicht;
hier legt' ich den schwur
und meine bürde unter die bäume.

in der stille,
dumpf an den rändern von schüssen durchhallt,
hör ich atmen das land,
reif, von schönheit bewahrt wie die zauberflöte,
der wahrheit gefangene stimme aus zweitausend jahren.

von vielen begehrt, gehörte es niemand.
alle die kamen, scheiterten hier – ein sieger,
der sich selbst verliert und stumm
betrinkt an dornen.

aber die enkel werden uns fragen:
was habt ihr erreicht?
dann werden wir sagen: seid milde,
wir haben zu tragen versucht,

was mitten durch unser lächeln rann,
als sorge und schmerz –:
städte, flüsse, und wald –
dieses österreich!

gebt ihm – wie wir –
die kraft,
nach jeder nacht aufzustehn
und zu leben!

(1962)

Meridian

ein licht auf der haut der nacht:
unser gemeinsames wort!
es schwebt, wo es will,
um die verstummten, geht durch die herden,
zündet alle lampen an.

wir, die anheimfielen
der dunklen bluthand der stürme,
liegen, zerbrochen auf dem rad,
in den lichtlosen kerkern,
zählen die unterirdischen stunden,
zählen, wenn wir blind sind,
geduldig den sand mit den mündern,
hören die stimme,
die sich den gelübden verbündet,
und erreichen gerade noch unser herz,
die zuletzt uns verbliebene freistatt ...

und eine hoffnung dringt ein,
leise durch die eintracht der steine,
die tröstlicher heilt
als das öl unsre wunden:

das wort – meridian durch das dunkel ...

(1963)

AN NÄGELN aufgestiegen
von frauen abgeweint vom kreuz
verschwunden gesehen getäuscht
ein licht entzündet in der predigt
am berg sein wort aufgebahrt
in den kirchen stirbt er täglich
in rom

»Christus – ein lichterfüllter Abgrund«
(Franz Kafka)

(1998)

Apfelreich

ich habe einen baum gepflanzt,
weiß von worten,
dem blattwort, dem apfelwort
liebe
für uns!

ein wort – jedes
ein strahlender, stäubender weg
über die grenze!
jedes ein weg
zu dir!

du hörst es, ich sprech es ins dunkel,
ich setzte es aus allem schweigen,
es führte zusammen, was wahr blieb,
sein ast trug uns leicht übers wasser.
ein wort – ein baum!
wir lebten in ihm,
und sein reich ging nicht unter.

nun steht die nacht mit schwarzem klumpfuß
auf der balustrade.

aber ich habe den baum gepflanzt;
ich habe ein lächeln gesehen,
schönste architektur des lebens!

(1966)

Scheherazade

zähl und erzähl
späterer mund
singe von uns

du kennst uns
die an ihre schritte geschirrt
ohne stimme und stern
ins weglose ziehn

zähl und erzähl
daß wir die ringe am finger
tauschten gegen den dorn

nenn unsere schuldhaften namen
nirgends und niemals und nie
nenne sie überall

singe von uns

nach tausendundein nächten
an einem erinnerten brunnen

lehre
lehre du
lehre du scheherazade

uns wieder die liebe

(1992)

ES
gibt
stoffe
substanzen
leichter als luft
schwerer als basalt
älter als die pyramiden
langlebiger als plutonium
die erde trägt höher geborenes
als könige päpste dalai lamas hohepriester
doch ist es nicht erde härter als diamanten
explosiver als dynamit zärtlicher als frauenhaut
seltener als radium kostbarer als wasser in den brunnen
die waage erfaßt nicht sein gewicht kein maßstab seinen thron
geschöpft aus einsamkeit freude licht trauer leben
kreisend durch des gehirns flammende galaxien
krone aus buchstaben silben worten
was bedeuten die elemente
feuer verbrennt es nicht
wasser ertränkt es nicht
erde begräbt es nicht
luft verweht es nicht
das aus der nacht
gebrochene
gedicht

(1993)

W O R T E
formen die
welt sie ruht auf
den worten erdschwer
luftleicht prägen sie namen
benennen berge flüsse meere fliegen
mit raketen tauchen mit booten erschaffen
städte gründen reiche stiften frieden streicheln
frauen zeugen liebe ersticken in tränen auferstehen
in gedichten sprengen ketten fesseln schwüre deuten das
leben worte erleuchten als blitze die welt ideen
schweifen ihnen nach lehren gesetze die welt
ist von worten erdacht sie besteht aus
worten oder sie besteht nicht wenn
wir sterben leben wir weiter
im gedächtnis der
W O R T E

(1997)

Die Namen

aus vätern, aus ländern
tragen die namen uns her.
da ist der stein, die wolke, das wasser.
sie haben platz genommen in uns.

die namen, ausgestreckt,
höhlen sich ihre aufenthalte.
sie nehmen unser gesicht auf,
tauschen es aus gegen andere,

heften sich an unsere füße,
sagen, wir lassen nicht los,
sagen, er gehört uns,
er kann uns nicht entfliehen.

die namen nennen uns.
die namen verschweigen uns.
sie wachsen durch uns
in schulhefte, grabkreuze, türschilder.

lautlos bleiben wir stehen.
sie gehen weiter
unter schwarzen bäumen.
die namen.

(1967)

Stele

stein
für
stein
ist
mein
babylonischer
turm
aus
buchstaben
erbaut
ein
wehr
gegen
die brandung
hält
er
das
wort
in
die
sternlose
nacht

(1993)

Arche Mund

arche mund,
unversunken,
ich hör dich die nacht befahren
mit worten,
leise gesprochenen,
weit in die ungeformte
leere zukunft
hinaus.

auf totem, vergessenem
schwammst du
durch die verstummten
herüber zu uns.
orkane begleiten dich,
schreie und blut,
und die welt,
aus dichtem gestöber,
sog splitternd dich abwärts.

aber wir bauten dich wieder,
arche mund!
wir setzten dem wort
unser stachliges herz ein,
vom gelächter der münzengänger
verhöhnt und verlästert,
und sparten es auf
für ein gespräch,
an dem sich freunde
erkennen.

tief floß schweigen darüber,
es zu ertränken.
die flut kreiste, schäumte wild

um die stelle,
wo erdteil um erdteil versank,
stimmen und laute,
und die zeit sich stammelnd erhob
gegen den stern.

in diese nacht
laß den silbenschwarm fliegen,
schick aus deine tauben,
dem staub zu entfachen die rippe,
sprache und ararat.

arche mund.

(1966)

Inhalt

I. Gegenwelt

II. Mein Bett in Babylon

IV. Von der Notwendigkeit des Vergeblichen

V. Distelreich